ONE PIECE

EIICHIRO ODA

Le seigneur des pirates

D1322540

© Hachette Livre 2011, pour la présente édition en langue française.
Tous droits réservés.
Série publiée en collaboration avec les Éditions Glénat.

Novélisation à partir du manga original : Nicolas Jaillet.
Conception graphique du roman : Valérie Gibert et Philippe Sedletzki.
Les illustrations intérieures issues du manga sont colorisées par ordinateur
et ne sont pas des illustrations originales.

Hachette Livre, 43, quai de Grenelle, 75015 Paris.

ONE PIECE

EIICHIRO ODA

*Le seigneur
des pirates*

hachette
JEUNESSE

Gold D. Roger est le seul à avo...
pirates. Celui qui trouvera so...
prétendre au statut de gran...
les pirates dignes de ce nor...
trésor légendaire...

porté le titre de seigneur des
résor, le One Piece, pourra
oi des mers. Évidemment, tous
se lancent à la poursuite de ce

Luffy

Ce jeune homme a plus d'un tour dans son sac... Après avoir mangé l'un des fruits du démon quand il était petit, Luffy est devenu élastique ! Grâce à ses pouvoirs, il a acquis des techniques de combat inattendues, mais très efficaces. Elles lui seront très utiles pour réaliser son rêve : devenir le seigneur des pirates... Mais Luffy a une autre idée fixe en tête : en parcourant la route de tous les périls, il espère retrouver son ami, le capitaine Shanks le roux, pour lui rendre le chapeau de paille qu'il lui a confié.

Zorro

Zorro est connu pour être le plus grand chasseur de pirates. Mais suite à sa rencontre avec Luffy, il ne voit plus les pirates de la même façon... Depuis son enfance, Zorro a un objectif : devenir le meilleur manieur de sabres du monde ! Quand il a ses trois sabres en main, ses ennemis feraient bien de se méfier. Surtout qu'il ne rate pas une occasion de combattre, pour s'améliorer, bien sûr !

Mon trésor ?
si vous y tenez
vous n'avez qu'à
le prendre...

Hé
Hé
Hé...

... Mais il vous
faudra d'abord
le chercher, car
je l'ai caché
quelque part dans
ce vaste monde !

Il est le dernier. Le tout dernier des pirates. C'est peut-être pour ça qu'une foule si importante se presse autour de lui. Dans quelques instants, le sabre du bourreau va s'abattre et la piraterie sera terminée. La foule est silencieuse. Elle attend les dernières paroles du dernier des pirates.

Gold D. Roger ricane, et hurle :
— Mon trésor, le One Piece ? Il existe. Vous n'avez qu'à le prendre ! Il est caché quelque part, dans ce vaste monde...

Le sabre tombe. Le dernier des pirates vient de mourir. Enfin, ce qui aurait dû être le dernier des pirates... Car la piraterie va reprendre de plus belle, et pour un moment. Le bourreau n'a pas fini d'essuyer sa lame que la foule a déserté la place. La course au trésor de Gold D. Roger, le One Piece, vient de commencer.

chapitre 1

Le fruit
du démon

Un petit village en bord de mer. Dans le port, les barques de pêche se balancent doucement autour d'un navire de pirates. Ici, tout le monde aime les pirates, sauf le maire.

Shanks le roux, l'homme au chapeau de paille, est descendu avec son équipage à la taverne de Makino. Ils boivent du rhum, mangent énormément, et hurlent, comme des pirates qui se respectent. Debout sur une chaise posée sur une table, un petit garçon interpelle l'équipage. Il s'appelle Monkey D. Luffy.

— Moi aussi je veux devenir un pirate ! Vous feriez mieux de m'emmener ! Je suis plus courageux que vous, et j'ai mis au point une technique de combat fulgurante. Mon coup

de poing est aussi puissant qu'une balle de revolver. Regardez…

Luffy joint le geste à la parole. Il lance son poing en avant, la chaise bascule, et il perd l'équilibre. Tout le monde éclate de rire.

Soudain il n'y a plus un bruit. La porte de la taverne vient de s'ouvrir. Higuma, le chef des brigands de la montagne, apparaît, entouré de ses hommes. Il marche jusqu'au bar, et s'y accoude à côté de Shanks le roux. Puis il s'adresse à Makino :

—J'ai soif ! On voudrait une dizaine de tonneaux de rhum. Gratuitement, bien sûr !

La jeune femme reste silencieuse. Shanks fait glisser une bouteille sur le comptoir.

— Désolé, Higuma. Il n'y a plus que cette bouteille. Prends-la, je te l'offre.

Higuma sourit, prend la bouteille, et la brise sur le crâne de Shanks. Les brigands hurlent de rire. Les pirates, eux, ne font pas un geste tandis que leur chef se hisse péniblement sur son tabouret.

— Vous êtes des minables ! déclare Higuma. Et toi, Shanks, tu es le plus minable de tous.

Le chef des brigands a posé la main sur la poignée de son sabre. Mais le capitaine ne fait pas un geste. Higuma se détourne avec un haussement d'épaules.

— Bah, vous êtes trop lâches, vous me dégoûtez ! Venez, les gars, on pillera ce village un autre jour !

Après le départ des brigands, les pirates entourent leur capitaine et se mettent à rire.

— Tu es la honte de la piraterie !

— Tu t'es laissé ridiculiser…

Mais la voix de Luffy dépasse toutes les autres :

— Pourquoi est-ce que vous rigolez ? Vous auriez dû vous battre ! Vous n'avez rien dans le ventre !

Il tourne les talons. Avec un sourire affectueux, Shanks le retient par le poignet, mais son sourire se fige. Il n'a pas lâché le poignet de Luffy, et pourtant le petit garçon a fait trois pas en direction de la porte : son bras s'est allongé comme un élastique ! Les pirates regardent la scène, consternés.

Un gros pirate s'approche. Il tient une boîte entre les mains, ouverte. Et vide.

— Lu… Luffy, il y avait un fruit dans cette boîte. Est-ce que tu l'aurais mangé, par hasard ?

— Ben… Oui. Je croyais que c'était le dessert. C'était pas très bon, d'ailleurs.

Un cri d'angoisse s'élève dans la

pièce. Les pirates se frappent le front, s'arrachent les cheveux, trépignent. Shanks explose :

— Tu sais ce que tu as fait ? Ce fruit, c'était l'un des trésors les plus rares et précieux de toutes les mers ! C'était l'un des fruits du démon, celui du caoutchoutier : celui qui le mange devient un homme-élastique. Il obtient des pouvoirs, mais il ne pourra plus jamais nager, tu m'entends ? S'il tombe à la mer, il coule comme une enclume !

Shanks prend Luffy par les épaules :

— Il n'est pas question que tu viennes en mer avec nous, Luffy, désolé. Tu ne pourras jamais nager…

Luffy sent sa gorge se serrer, il se détourne et se précipite vers la porte.

Pas question que ses amis pirates le voient pleurer. Il fonce dans la rue. Il court, même si ses jambes ne touchent plus le sol !

— Alors, petit ? Où vas-tu comme ça ?

Luffy s'essuie les yeux. Higuma l'a rattrapé et soulevé ! L'un de ses hommes le menace avec son pistolet.

Les pirates apparaissent à la sortie de la taverne.

— Laisse le gamin ! ordonne Shanks. Je ne tolère pas qu'on s'en prenne à mes amis.

— Tu ne tolères pas… ?

Le chef des brigands s'esclaffe. Son sourire idiot s'élargit encore, et il hurle de rire. Brusquement il se tait… Un coup de feu vient de partir !

Et je ne tolère en aucune manière que l'on...

... maltraite l'un de mes amis !

L'homme qui tenait Luffy en joue est tombé.

Quelques minutes plus tard, tous les brigands ont été battus. Leur chef se retrouve seul au milieu de la rue, avec son otage dans les bras. Il transpire à grosses gouttes.

— Hé, hé, sacrés pirates, heu… Bon, je suis sûr qu'on va pouvoir s'arranger.

— N'y compte pas trop, répond

Shanks froidement. Comme je disais, je n'aime pas qu'on s'en prenne à mes amis. En plus… Ta tête est mise à prix, non ?

Le chef des brigands blêmit. Il tourne la tête dans tous les sens.

— Vous n'y pensez pas, les gars… Vous n'allez pas… hein ?

Higuma comprend qu'il ne s'en sortira pas. Il décide alors d'utiliser sa botte secrète… Il se met à trépigner sur place. Ses pieds frappent le sol comme les baguettes d'un tambour fou ! Un épais nuage de poussière se soulève autour de lui. Quand il se dissipe, le brigand a disparu. Et Luffy avec ! Shanks tombe à genoux en gémissant.

— Luffy a été enlevé… Et c'est de ma faute !

Son second s'approche et pose la main sur son épaule.

— T'en fais pas, chef ! On va vite les retrouver.

— Ah oui ? Et comment tu comptes faire ?

— Higuma est un brigand des montagnes, pas vrai ?

— Donc, il va se réfugier dans la montagne !

Le second secoue la tête.

— Je ne crois pas, chef...

— Pourquoi ?

— Parce qu'il sait qu'on sait que c'est un brigand des montagnes...

Un peu plus tard, Higuma et Luffy se retrouvent seuls sur une barque au milieu de l'océan.

— Tu peux crier tant que tu veux, petit. Personne ne t'entendra. Personne ne viendra te chercher. Ils savent que je suis un brigand des montagnes. Ils ne penseront pas que je me suis réfugié ici, au milieu de l'océan. Donc, je n'ai plus besoin de toi. Alors… Adieu !

Il le pousse du pied, et Luffy tombe à l'eau. Il se souvient de la légende des fruits du démon. Il va couler, il ne peut pas nager ! Pourtant, il ne s'enfonce pas… Quelqu'un le retient : Shanks !

Au même moment, la mer autour de la barque se met à bouillonner. Un gigantesque serpent de mer apparaît. Il ouvre une gueule immense et avale la barque et le chef des brigands. Puis il se tourne vers Shanks et Luffy. Le petit garçon est prêt à mourir.

Le serpent s'avance et Shanks lève le bras dans sa direction. Il fixe durement la bête, et murmure entre ses dents :

— Va-t'en. Disparais !

Un instant, le monstre semble hésiter. Finalement il ouvre la gueule et la claque brutalement. Luffy a fermé les yeux. Quand il les ouvre, le serpent de mer s'est enfui. Shanks le tient encore fermement dans ses bras. Enfin : dans *son* bras. Car pour protéger Luffy, il a placé son bras entre le monstre et l'enfant quand celui-ci a attaqué.

Luffy hurle de désespoir et de colère. Shanks est très pâle. Il sourit faiblement.

— Un bras, ce n'est rien. Du moment que tu es en vie. C'est ça le plus important !

Ce jour-là, Luffy comprend la violence de l'océan. Il comprend pourquoi Shanks a toujours refusé de l'emmener. Et il sait qu'un jour, il sera comme lui : un homme exceptionnel.

Quelques jours plus tard, il est temps pour les pirates de s'en aller. Tout le village est réuni sur les quais pour leur dire adieu.

Le capitaine au chapeau de paille cache son bras manquant sous une longue cape noire. Son regard balaie une dernière fois les maisons aux toits de chaume.

— Ça me fait quelque chose, de quitter ce village.

— Ouais, répond Luffy. Moi aussi, ça me fend le cœur. Mais c'est la vie, pas vrai ?

— Oui, c'est la vie…

Shanks cligne des yeux et se reprend :

— Hein ? Mais… Non ! Qu'est-ce que tu racontes ?

— Ben, vous allez m'emmener, cette fois, pas vrai ? On part ensemble !

— Jamais de la vie ! Tu crois que tu peux devenir un pirate ? Tu plaisantes !

Shanks et ses hommes éclatent de rire, une fois de plus. Luffy serre les poings, humilié. Des larmes coulent de ses yeux.

— Vous verrez, bande de minables ! Un jour, je serai le seigneur des pirates !

— Oh, tu seras meilleur que nous, alors ? Je vois. Eh bien, en attendant…

Shanks s'accroupit et retire son chapeau. Il le pose sur la tête de Luffy.

— … Je te confie mon chapeau. Prends-en bien soin.

À bord, les hommes hissent le drapeau noir. Shanks se dirige vers son bateau. Avant de quitter la terre ferme, il se tourne une dernière fois vers son jeune ami.

— Tu me le rendras… quand tu seras devenu un grand pirate.

Chapitre 2

Le départ

*L*uffy est devenu un jeune homme qui a enfin accompli son rêve. Il vogue sur l'océan ! Vissé sur sa tête, le chapeau de paille que Shanks lui a confié avant de partir et qu'il ne quitte jamais.

Soudain, la mer bouillonne, et le serpent de mer qui a mangé le bras de Shanks le roux apparaît. Luffy le regarde dans les yeux, les poings sur les hanches. Quand le monstre s'avance, gueule ouverte, Luffy arme son bras.

— C'est le coup que je prépare depuis dix ans. Chewing…

Son bras s'étend démesurément. Tout d'un coup, Luffy balance son poing en avant.

— Punch !

Et il frappe le serpent de mer à la mâchoire. Le monstre coule. C'est fini, il ne fera plus de mal à personne ! Mais Luffy reste sur ses gardes. Sa barque avance bizarrement, on dirait qu'elle ne suit plus les vents ni les courants. Quelque chose l'attire vers cette espèce de grand trou dans la mer en forme de coquille d'escargot.

— Comment est-ce qu'on appelle ça, déjà ? Ah, oui : un tourbillon.

Le lendemain, le jour se lève sur une île paisible… Enfin, paisible n'est pas vraiment le mot, puisqu'elle sert de repaire à Lady Arbyda à la massue. Justement, les parois de son bateau tremblent au son de sa voix.

— Kobby ! Je croyais t'avoir dit de passer le plumeau ! Il reste de la poussière ici !

Une voix timide lui répond :

— Où ça, votre grandeur ?

— Sous mes semelles, crétin !

— Mais bien sûr, pardonnez-moi, je vais… Aïe !

Elle vient de lui donner une claque.

— Plus tard ! Va plutôt nettoyer le reste de la ville… Attends !

— Oui, votre grandeur ?

— Qui est la plus belle créature des océans ?

— Oh, c'est vous, indescriptible grâce…

— C'est bon, va-t'en !

— Avec joie, inimaginable beauté.

La porte s'ouvre. Un jeune homme à lunettes, la raie au milieu et une bosse sur le front, quitte précipitamment la maison de sa maîtresse. Il faut qu'il se dépêche, il a un tonneau à livrer.

Les hommes de Lady Arbyda l'ont obligé à aller chercher l'un des tonneaux de rhum qui se sont échoués sur la côte. Kobby descend sur la plage, et ramasse l'un d'eux. Il choisit le plus lourd, et le pousse en soufflant jusqu'à la maison des pirates.

— Ça a… pff… l'air plein… pff… Où est-ce que vous voulez que je mette ça ?

Les pirates s'écartent en ouvrant la porte de leur hangar, pour laisser la place à l'esclave de la terrible Arbyda.

Puis les trois hommes s'approchent du tonneau en se frottant les mains. Tout à coup, le couvercle explose, et Luffy jaillit du tonneau dans lequel il s'est réfugié pour échapper au tourbillon, les bras en l'air, comme un diable hors de sa boîte.

— Ouah ! J'ai bien dormi ! Quand est-ce qu'on mange ? s'écrie-t-il.

Les trois hommes regardent l'intrus avec inquiétude, puis se tournent vers Kobby. Avant qu'ils n'aient pu

prononcer un mot, la porte de la cabane explose. Au milieu du nuage de poussière, se dessine une silhouette énorme. Celle d'une femme gigantesque, qui tient une massue à la main : Lady Arbyda ! Sa voix fait trembler les murs :

— Qui a dit : « J'ai bien dormi » ? Bande de fainéants !

Sans attendre de réponse, elle frappe le sol violemment. Dans un souffle, la baraque vole en morceaux, et tous les pirates sont emportés par l'explosion. Luffy et Kobby se retrouvent projetés au milieu d'une clairière. Luffy se gratte la tête et sourit.

— Salut. Tu peux m'expliquer qui est cette grosse vache enragée ?

Kobby toussote, et répond d'un air mal assuré :

— C'est... heu... C'est Lady Arbyda.

— Et toi, tu es... ?

— Je... heu... Je suis son homme à tout faire.

— C'est-à-dire... ?

— Ben, c'est simple : j'obéis à tout le monde, je fais tout ce que personne n'a envie de faire, et si quelqu'un doit prendre une taloche, c'est moi ! Quand on est sur l'océan, je m'occupe de la navigation.

Luffy croise les bras.

— Et... C'est ça que tu veux faire... toute ta vie ?

Le visage du jeune garçon s'illumine.

— Bien sûr que non ! Je veux… entrer dans la Marine ! Et dire à cette…

Kobby devient tout rouge et se frotte le front.

— Non… Je ne peux pas.

Luffy ricane.

— Tu n'as pas assez de courage pour entrer dans la Marine. Tu me fais pitié !

Kobby gémit, ses yeux se remplissent de larmes, il trépigne, les poings serrés. Luffy hurle :

— Allez, vas-y, qu'est-ce que tu vas lui dire ?

— Je vais… dire à cette…

— Grosse vache…

— Dire à cette grosse vache, qu'elle est…

— La plus grosse vache…

— De tout l'océan !

Les deux garçons hurlent de joie. Aussitôt le tronc des arbres craque, les feuilles s'envolent. La terre tremble. La massue de Lady Arbyda vient de s'abattre à leurs pieds.

— QU'EST-CE QUE TU AS DIT, KOBBY ?

Luffy et Kobby se relèvent, et se retrouvent face à une énorme boule surmontée d'une minuscule tête. Autour de la célèbre femme pirate, les hommes de l'équipage forment une haie menaçante. Lady Arbyda lève sa massue sur le malheureux Kobby.

Mais pour la première fois, le garçon ne flanche pas. Il a une nouvelle lueur dans les yeux. Il serre les poings et s'écrie :

— Lady Arbyda ! Depuis trois ans, vous me forcez à accomplir les plus basses besognes, mais un destin beaucoup plus glorieux m'appelle. Aussi, permettez-moi de vous dire que vous n'êtes pas la plus belle créature, mais bien… LA PLUS GROSSE VACHE DE TOUT L'OCÉAN !!

Luffy fait un clin d'œil à son ami.

— Bien joué, Kobby.

Aussitôt, son bras s'allonge pour pousser Kobby en sécurité.

Lady Arbyda soulève sa massue. Tout l'équipage tremble.

— Comment oses-tu, petit impertinent ?

La massue décrit une large courbe

dans l'air, et rebondit… sur quelque chose de mou. La tête de Luffy ! L'homme-élastique se redresse, un sourire aux lèvres, et allonge son bras.

— Chewing-punch !

Chewing-punch !

L'énorme corps de Lady Arbyda est propulsé en arrière. La terre tremble quand elle retombe sur le sol.

Les pirates n'en reviennent pas ! Luffy dresse les poings au-dessus de sa tête.

— Les gars, allez immédiatement nous chercher une barque ! Mon ami et moi, on prend la mer, Kobby va entrer dans la Marine !

Il y a un instant de silence, puis tous les pirates se précipitent vers le hangar à bateaux.

— Bien sûr, chef !

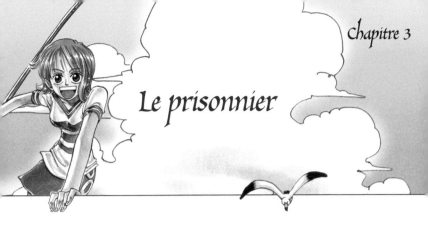

chapitre 3

Le prisonnier

Les deux garçons atteignent une nouvelle île. Une forteresse domine le port. C'est le quartier général de la Marine.

— C'est là que nos chemins se séparent, Kobby.

— Mais… Toi, qu'est-ce que tu vas faire, maintenant ?

Luffy hausse les épaules.

— Oh, je ne t'ai pas dit ? Je veux devenir le seigneur des pirates.

— Hein ? Mais tu es fou ! Ça veut

dire… Ça veut dire que tu dois trouver le plus grand trésor de tous les temps : le One Piece ! Pour y arriver, il faut naviguer sur la route de tous les périls. Les meilleurs navigateurs ont essayé, et ils sont morts ! Tu crois que tu peux y arriver alors que tu ne sais pas naviguer autrement qu'en te laissant porter par les vagues ?!

— Bien sûr que non ! C'est pour ça que je t'ai accompagné ici. Je vais délivrer le célèbre Zorro Roronoa. Il paraît que c'est…

À ce seul nom, le front de Kobby se couvre de sueur et ses cheveux se dressent sur sa tête.

— Il paraît que c'est un monstre, une brute sans pitié ! Il va te réduire en bouillie !

— Mais non, je suis sûr que c'est un chic type. D'ailleurs, on n'a qu'à le lui demander…

Ils viennent d'arriver au pied d'une haute muraille de béton. C'est là, derrière cette muraille, que le célèbre

chasseur de primes Zorro Roronoa est enfermé. Grâce à ses pouvoirs d'homme-élastique, Luffy grimpe facilement jusqu'au sommet de la muraille. Il voit une place déserte, et au milieu, un poteau. Un jeune homme y est attaché. Il porte un bandeau noir autour de la tête.

C'est Zorro Roronoa.

Et il a l'air mal en point.

Kobby réussit péniblement à se hisser au niveau de Luffy.

Roronoa est salement amoché, pourtant il sourit. Et il leur lance d'une voix ferme :

— Hé, vous deux ! Si vous me libérez, j'enverrai en enfer tous les brigands de la région, et je vous donnerai la prime que je toucherai !

Luffy est prêt à se lancer à son secours, mais Kobby s'agrippe à son bras.

— Ne fais pas ça ! C'est un piège ! Cet homme est un démon ! Si on le détache, il va nous tuer !

— T'inquiète pas. Il me plaît bien à moi. Hein ? Qui c'est, celle-là ?

Une échelle se pose sur le mur. Une petite fille y monte avant de sauter à l'intérieur de la cour. Elle s'approche du prisonnier, mais Roronoa la regarde durement.

— Qu'est-ce que tu viens faire là, toi ? Dégage !

—J'ai préparé des gâteaux de riz…

— J'en veux pas, va-t'en tout de suite !

— Mais…

À ce moment-là, les portes de la prison grincent. La voix du prisonnier se fait de plus en plus dure.

—Y a pas de « mais » ! J'en veux pas, de tes gâteaux dégueus ! Barre-toi !

Au fond de la cour, un homme entre à son tour. Il porte un costume très chic et des chaussures assorties à sa chemise. Deux officiers de la Marine le suivent de près.

Il rejoint la fillette et lui arrache un des gâteaux des mains.

— Tsss, voyons Zorro, ce n'est pas une façon de parler à une petite fille qui te vient en aide. Hmm... Ils ont l'air délicieux, ces gâteaux.

— C'est pas pour vous, c'est pour Zorro.

— Attention, morveuse, un peu de respect ! Tu sais à qui tu parles ?

— Oui. Vous êtes Hermep Morgan. C'est votre papa, le colonel Morgan, qui dirige le fort. Touchez pas à mes gâteaux !

Hermep devient tout rouge. Il jette les gâteaux par terre et les piétine.

— Personne ne me donne d'ordres, morveuse ! Voilà ce que j'en fais, de tes gâteaux ! D'ailleurs, c'est interdit

de nourrir les prisonniers. Si tu étais adulte, ce serait la peine de mort. Allez zou !

Hermep prend la petite fille par le col de sa robe et l'envoie voler au-dessus de la muraille. Heureusement, grâce à ses bras élastiques, Luffy la rattrape.

Zorro n'en peut plus. Ça fait neuf jours qu'il est là, sans boire ni manger. Il a épuisé ses dernières forces pour essayer de faire partir la petite fille. Quand il rouvre les yeux, le fils du colonel Morgan a disparu. Il y a un drôle de type à la place. Un grand garçon avec un chapeau de paille.

— Qu'est-ce que tu fais là ? Rentre chez toi, ta mère va s'inquiéter !

— J'ai une proposition pour toi, répond Luffy.

— Toi ? Me fais pas rire, j'ai les lèvres gercées...

— Parfaitement ! Figure-toi que je serai bientôt le seigneur des pirates. Tout ce qu'il me manque, c'est un équipage, avec des hommes comme toi.

— On t'a mal renseigné. Je déteste les pirates. Je ne veux pas avoir affaire à toi. Et si tu ne me libères pas, je le ferai moi-même.

Luffy lève les yeux vers le ciel. Des vautours tournent déjà autour du prisonnier.

— Ça m'étonnerait… Mais bon, c'est comme tu veux. Il n'y a pas un truc que je peux faire pour toi ?

Zorro se tait, mais il a les yeux braqués sur les miettes de gâteaux écrasés sur le sol.

— Quoi ? Tu ne peux pas manger ça !

— Ferme-la ! Tu veux me faire plaisir ? Donne-les-moi, ces gâteaux !

Luffy détache les paquets de riz mélangés à la terre. Il les donne à Zorro, qui les avale d'un coup.

— Hmm… Merci. Maintenant, file ! Non, attends ! Une dernière chose : cette petite fille, va la voir de ma part, et dis-lui que je la remercie, pour les gâteaux. Dis-lui… que je n'ai jamais rien mangé d'aussi délicieux.

Luffy s'éloigne de quelques pas avant de s'arrêter en se grattant la tête.

— Dommage, quand même, pour cette fillette…

Comme Zorro le regarde sans rien dire, Luffy insiste :

— Dommage qu'elle doive mourir.

— Hein ?!

— Ben oui : tu n'as pas vu cet écriteau, là, à tes pieds ? « Toute personne qui aidera un prisonnier sera considérée comme son complice. » Tu n'as pas vu la façon dont Hermep l'a jetée par-dessus la clôture ? Si je n'avais pas été là, elle se serait cassé le cou. Si elle revient, et qu'il l'attrape, il va l'attacher avec toi. Elle va mourir lentement, et ce sera de ta faute. Ça ne te fait rien ?

— C'est bon, t'as gagné. Va chercher mes armes ! Hermep me les a prises.

— Tu vas te libérer ? Tu vas partir avec moi ?

— DÉGAGE ! VA CHERCHER MES ARMES !!

Chapitre 4

Le colonel Morgan

Le fort de la Marine est une immense tour de béton peinte en noir et blanc. Tout en haut, il y a une terrasse avec des canons, où le colonel Morgan est en train de faire installer sa statue. Elle est très ressemblante : elle est aussi moche que lui ! Le colonel est une sorte de géant avec une hache à la place de la main droite, fixée au coude avec des vis. À force de crier sur ses hommes et son imbécile de fils, il a dû se faire poser une mâchoire en fer !

— Allez, remuez-vous, bande de minables ! Tiens, te voilà, Hermep, alors, cette mission ? Tu t'es occupé de cette petite fille qui a eu le culot de donner à manger au prisonnier ?

— Oh oui, papa, je m'en suis occupé ! Je l'ai envoyée valser par-dessus le mur ! Elle s'en souviendra !

Le colonel Morgan se tourne vers son fils et le regarde d'un œil mauvais.

— Qu'est-ce que tu as dit, espèce de crétin ?

Hermep se met à trembler comme une feuille.

— Je dis… que… je m'en suis oc… oc… occupé, papa… Elle ne va sûre-ment… plus…

— Mais je me fiche de ce qu'elle va faire ! Je t'avais dit de faire un exemple ! Je veux la tête de cette gamine, tu m'entends ? Sa tête, au bout d'une pique !

Le colonel attrape son fils par le col de sa veste et le soulève tout en brandissant sa hache.

— Est-ce qu'il faut que je te montre comment on coupe une tête, fiston ?

— Non, papa, ce ne sera pas nécessaire…

Heureusement pour Hermep, quelque chose attire l'attention du colonel. Il laisse tomber son fils.

— Dis donc, toi ? Tu te crois où ?

Morgan s'adresse à l'un de ses hommes qui, épuisé, s'est appuyé sur la statue pour reprendre son souffle.

— Moi ? Je… Pardon, mon colonel, mais…

La hache s'abat sur le malheureux qui s'effondre aussitôt avec un cri de douleur.

— Cette statue me représente ! Compris, bande de crétins ? Si vous lui manquez de respect, je vous tue !

Tous les soldats se mettent au garde-à-vous.

— Oui, mon colonel !

Luffy se promène au pied de la citadelle sans trouver personne. C'est alors qu'il entend les cris, tout en haut.

— Ah, ils sont là ! Allons voir ! Chewing…

Ses bras s'allongent, il attrape le bord d'une fenêtre, tout en haut de la tour.

— Rocket !

Et il s'envole. Un peu trop haut, même ! Il doit attraper quelque chose s'il ne veut pas finir en bouillie de l'autre côté de la tour ! Il tend ses bras élastiques, et réussit à s'accrocher à la statue du colonel, juste à temps. Mais la statue n'est pas encore fixée au sol. Emportée par l'élan de Luffy, elle bouge sur son

socle, avant de s'effondrer, brisée en mille morceaux.

Luffy se relève en essuyant la poussière sur son pantalon.

— Oups, désolé. C'est pas très solide, ce truc…

Puis il se rend compte qu'il est seul au milieu d'une troupe de soldats, avec un colosse qui le regarde, une hache à la place du bras droit.

— Massacrez-le ! rugit le colonel.

Les hommes se jettent sur Luffy, qui étend les bras pour attraper Hermep et s'enfuir avec lui dans les escaliers. Les balles se mettent à siffler autour d'eux.

— Tu tombes bien, c'est justement toi que je cherchais ! Tu vas me dire où tu as caché les armes de Zorro.

Hermep ricane.

— Mon père va te réduire en bouillie avant que tu réussisses à sortir de ce fort. Les soldats me protègent, tu es coincé !

Luffy s'arrête.

— Ah bon ? Tu crois ?

Il prend un air contrarié avant d'utiliser le fils du colonel comme bouclier ! Les soldats de la Marine sont bien obligés de le laisser partir. Une fois seuls, Luffy reprend :

— Bon... Qu'est-ce qu'on disait ? Ah oui : où sont les armes de Zorro ?

Pendant ce temps, au pied de la tour, Kobby essaie de libérer le prisonnier.

— Tu es sûr de ce que tu fais ? S'ils t'attrapent, ils vont te découper en rondelles, demande Zorro.

Kobby ne répond pas. Ses mains tremblent, mais il va y arriver. Il va libérer Zorro. Il ne lève même pas les yeux quand les soldats crient du haut de la tour :

— Colonel ! Y en a un qui essaie de libérer le prisonnier !

— Attrapez-moi ce minable !

— À vos ordres, mon colonel !

Zorro secoue la tête.

— Tu ferais mieux de t'en aller, petit. Ils seront là dans moins d'une minute, ils vont…

— Je m'en fiche ! Ce colonel est un tyran. Il n'est pas digne de commander la Marine. Et puis j'ai une dette

envers Luffy. Il m'a libéré d'Arbyda, il a sauvé la vie de cette petite fille. Lui au moins, c'est un type bien ! Tu devrais le suivre.

— Tu m'as convaincu, petit. Mais c'est trop tard, regarde…

Les hommes de Morgan ont envahi la cour. Ils pointent leurs fusils sur le prisonnier et son nouvel ami. Les rangs s'écartent pour laisser passer le colonel. Il s'approche lentement du prisonnier.

— Zorro Roronoa, tu as tenté de t'enfuir. Tu seras exécuté avec ton complice. Tu as quelque chose à dire pour ta défense ?

De leur côté, Luffy et Hermep viennent d'entrer dans la salle d'armes. Luffy secoue la tête devant les trois sabres que Hermep lui montre du doigt.

— Trois sabres ? Qu'est-ce qu'un seul type peut faire avec trois sabres ?

Hermep hausse les épaules.

—J'en sais rien. Tu voulais voir les armes de Zorro, les voilà.

— Bon, dans le doute…

Luffy prend les trois sabres, et se dirige vers la fenêtre. Il a entendu quelque chose.

— Ouh là ! Ça barde, en bas ! Il est temps que j'intervienne !

Il place les trois sabres autour de sa taille, puis il s'agrippe à la fenêtre et recule.

— Chewing…

Luffy tire sur ses bras jusqu'à ce qu'il ne puisse plus résister. Son corps se propulse en avant.

— Rocket !

Il traverse la salle d'armes comme une fusée. La vitre explose, il s'envole dans les airs. Il voit le colonel Morgan qui lève son bras-hache pour commander le peloton.

— À mon commandement… Feu !

Le bras en forme de hache tombe, les coups de fusil éclatent. Luffy arrive juste à temps ! Il étire son corps devant les condamnés. Les balles l'atteignent. La fumée des fusils se dissipe. Luffy se relève. Les soldats de la Marine le regardent, effrayés.

Luffy se détend et les balles qu'il a reçues repartent en sens inverse, droit sur les soldats.

Chapitre 5

La première recrue

*L*es soldats reculent jusqu'au fond de la prison.

Zorro regarde Luffy, en pleine forme, qui commence à le détacher.

— Mais qu'est-ce que tu… ?

— Plus tard ! Il faut que je te libère, et vite ! Bon, tu es d'accord pour faire partie de mon équipage ?

— J'ai plus tellement le choix.

— Bande de poules mouillées, qu'est-ce qui vous prend ? rugit le colonel Morgan. Vous n'avez jamais vu un type qui a mangé un fruit du démon ? Attrapez-le avant qu'il libère le prisonnier !

Les soldats sont plus effrayés par le bras-hache de leur chef que par les étranges pouvoirs de Luffy. Ils dégainent leurs sabres, et chargent.

— Dépêche-toi, ils arrivent ! Dis donc, tu m'as ramené mes sabres, non ? Ce serait plus rapide, si tu t'en servais pour couper la corde, tu crois pas ?!

— Ah oui, t'as raison.

Les hommes de Morgan se jettent sur le prisonnier et son complice. Brusquement ils s'arrêtent.

Ils se retrouvent face à un terrible guerrier. Un sabre dans chaque main, un troisième entre les dents, Roronoa Zorro est invincible.

Luffy se frappe le front.

— Ah, je comprends mieux, maintenant, le coup des trois sabres !

Une fois de plus, les soldats de la Marine se sont réfugiés au fond de la cour. Le colonel Morgan fend la troupe et s'avance, menaçant.

— Bande d'incapables ! Laissez-les-moi.

Son ombre s'étend sur les deux jeunes hommes. Luffy, souriant, passe devant Zorro.

— Il a raison. Laisse-le-moi.

— Luffy, tu es fou ?

— Chewing… Kick !

Morgan se retrouve au sol.

Les soldats n'en croient pas leurs yeux.

— Il… Il a…

— Ce gamin a terrassé le colonel !

Tandis que Morgan reprend ses esprits, Luffy tend le bras en arrière, le poing serré, pour lui donner le coup de grâce.

Les soldats sont prêts à lâcher leurs armes et s'enfuir au galop, mais une voix les arrête. Celle de Hermep Morgan.

— Luffy, attends !

Le garçon au chapeau de paille garde le bras en l'air, prêt à frapper. Il jette juste un coup d'œil par-dessus son épaule, vers Hermep. Le fils du colonel s'est emparé de Kobby et le menace de son pistolet.

Luffy frappe Morgan, et le colonel tombe dans les pommes, pour de bon. Hermep se met à hurler :

— Mais ça va pas la tête ? Je t'avais dit d'attendre !

— Ouais, je sais. Mais j'ai pas attendu.

— Tu as bien fait, Luffy ! Je n'ai pas peur de mourir ! crie Kobby.

— Je sais que tu es courageux, Kobby.

Hermep commence à paniquer. Les soldats, voyant leur chef à terre, se sont enfuis. Il est tout seul au milieu de la place.

— Écoute, Luffy ! Si tu fais un pas, je tire, tu entends ! Et quant à toi, Zorro… Hein ? Où il est passé celui-là ?

— Je suis là, tout près…

Hermep tressaille. Il sent en même temps les trois sabres se poser sur sa peau.

— Tu veux garder ta tête ? Laisse Kobby tranquille.

chapitre 6

Des pirates ?

Les trois amis se reposent chez la mère de la petite fille. Zorro a dormi pendant deux jours complets, puis il a avalé cinq repas de suite !

— Ah, c'était délicieux, madame ! Merci.

— Alors, qu'est-ce que vous allez faire, maintenant, les garçons ?

— Eh bien, Zorro et moi, on va prendre la mer, dit Luffy. Et Kobby… Tu n'as pas changé d'avis ?

— Non, je veux entrer dans la Marine. Un jour, nous serons peut-être des ennemis, mais pour l'instant…

À ce moment-là, quelqu'un frappe à la porte. Des officiers de la Marine se présentent.

—Hum… Bonjour, madame. C'est une mission délicate. D'abord, nous voulons remercier ces trois garçons d'avoir débarrassé la ville du colonel Morgan. Maintenant…

L'homme s'avance d'un pas et s'adresse à Luffy.

— J'ai entendu dire que vous étiez des… pirates ? C'est vrai ?

— Ah, non, non, non ! Zorro et moi, on est des pirates. Lui…

Luffy se retourne vers Kobby.

— Lui n'est pas des nôtres. Ce n'est qu'un poltron, il veut entrer dans la Marine. Je le méprise !

— Qu'est-ce que tu viens de dire ?

Kobby a serré les poings : il n'a pas compris que Luffy tente de le protéger.

— Tu n'es qu'un lâche, tu ne mérites pas d'être un pirate !

— Ah oui ? Tiens, prends ça !

Le poing de Kobby s'élance en avant. Luffy réplique avec son chewing-punch. Kobby s'effondre à l'autre bout de la pièce. L'officier de la Marine lève les bras.

— C'est bon, j'ai bien compris : il ne fait pas partie de votre groupe. Vous, les pirates, déguerpissez ! Un bateau vous attend. Et toi…

Il se tourne vers Kobby, qui s'écrie :

— Je veux entrer dans la Marine !

Le commandant réfléchit. Kobby le supplie. Après quelques secondes de réflexion, le gradé finit par lâcher :

— C'est bon, tu es enrôlé. Vous êtes encore là, vous deux ?

Zorro ramasse ses trois sabres, salue la petite fille et sa mère, et Luffy leur fait un signe.

— Vous avez raison ! Il est temps pour nous de prendre la mer. Moi, je vais trouver le One Piece, et je serai le seigneur des pirates. Et mon associé Zorro deviendra le plus grand manieur de sabres du monde. Donc… on n'a pas de temps à perdre. Adieu la Marine, au revoir, Kobby ! La route de tous les périls nous attend !

Chapitre 7

Une rencontre intéressante

*C'*est le calme plat. Le bateau se balance mollement au milieu de la mer. Luffy et Zorro sont allongés sur le dos et regardent le ciel.

— J'ai faim… dit Zorro.

— Moi aussi, j'ai faim.

— Tu n'as pas idée de l'endroit où on est ? Tu ne sais pas naviguer, en fait ! s'énerve Zorro.

— On arrivera bien quelque part…

— Tu te prétends pirate, et tu n'y connais rien en navigation ?

— Oui, je sais… Il faut que j'engage un navigateur. Et un barde, et un chef cuisinier, et une poule, des bananes, des… énonce Luffy.

Le ventre de Zorro gargouille.

— Tais-toi !

— Oh, attends ! Qu'est-ce que c'est que ça ?

Luffy s'est redressé. Il a vu quelque chose dans le ciel.

— On dirait un oiseau.

— Il est gros, on pourrait l'attraper pour le manger.

— Ah oui ? Et comment tu vas t'y prendre ? se moque Zorro.

— Fastoche, regarde ! Chewing…

Luffy étend ses bras pour attraper le haut du mât. Et il s'envole.

— Rocket.

Il fonce vers l'oiseau. Mais il est beaucoup plus gros que prévu. Bien plus gros que Luffy, même ! Le garçon se retrouve coincé dans le bec du volatile !

— Au secours ! hurle Luffy.

Quand Zorro voit l'oiseau emporter son ami, il se précipite sur les rames pour le suivre.

— Mais c'est pas vrai, quel idiot !

Sans le savoir, Zorro se dirige à toute vitesse vers une île toute proche. Le bateau de Baggy le clown y est amarré. C'est un vaisseau pirate tout rond, avec un chapiteau de cirque au milieu.

La ville est calme. À travers les rues désertes, une jeune fille court

à perdre haleine, poursuivie par les hommes de Baggy.

— Vite, les gars ! Elle nous a volé la carte de la route de tous les périls ! Si le capitaine l'apprend, on est morts !

Au même instant, sur le pont du bateau pirate, les canonniers aperçoivent une scène étrange : un garçon dans le bec d'un oiseau qui survole la ville.

— Feu !

Le canon tonne, les boulets sifflent.

— Touché !

De son côté, la jeune fille entre dans une impasse.

— Ça y est, les gars, on la tient !

— Cette fois, elle ne nous échappera pas.

Soudain, un cri attire l'attention des pirates. Puis quelque chose leur tombe dessus ! Les trois hommes sautent dans tous les sens pour l'éviter. Un gros nuage de poussière se soulève. Quand le brouillard se dissipe, un garçon se relève. Il n'a pas l'air de s'être fait mal. Il redresse son chapeau de paille.

— Aaah, me voilà enfin sur la terre ferme !

La jolie jeune fille poursuivie par les pirates reste un moment les sourcils froncés, elle a une idée.

— Heureuse de vous voir, chef ! Vous êtes venu à mon secours, c'est

sympa. Bon, je vous laisse ! lance-t-elle à Luffy.

Et elle disparaît.

Les trois hommes entourent Luffy.

— Elle s'enfuit !

— C'est pas grave, on a son chef. C'est encore mieux…

Le troisième pirate dégaine son sabre.

— Tu vois, cette carte appartient à Baggy le bouffon. Et Baggy n'aime pas qu'on lui vole ses affaires !

Il frappe Luffy à la tête. Sous la violence du coup, son chapeau de paille s'envole. Le garçon le ramasse fermement.

— Tu n'aurais jamais dû faire ça… Personne n'a le droit de toucher à mon chapeau !

Quelques minutes plus tard, les trois hommes sont étendus au sol. Quelqu'un applaudit Luffy.

C'est la voleuse de carte, qui s'est réfugiée sur le toit d'un bâtiment qui surplombe la ruelle.

— Impressionnant ! s'exclame-t-elle. Je m'appelle Nami. Je suis une excellente navigatrice. Ma spécialité, c'est de dévaliser les pirates. Ça te dirait de faire équipe avec moi ?

Fin

Tu as hâte de
retrouver la suite
des aventures de Luffy,
alors tourne la page
pour savoir
ce qui l'attend !

Embarque avec Luffy et ses amis pirates
pour une aventure que tu n'es pas près d'oublier
dans le 2ᵉ tome de One Piece :

Le capitaine Baggy

Luffy et Zorro sont prêts à naviguer sur la route de
tous les périls... ou presque ! Avant ça, ils doivent
trouver un navigateur pour compléter leur équipage.
Mais ce n'est pas si facile de trouver la perle rare…
Surtout qu'un terrible corsaire a juré de les arrêter !

Pour savoir quand tu pourras le lire, fonce sur le site
www.bibliotheque-verte.com

Table

Imprimé en France par Jean Lamour-Groupe Qualibris
Dépôt légal : septembre 2011
20.07.2437.0/01 ISBN : 978-2-01-202437-3
Loi n° 49956 du 16 juillet 1949
sur les publications destinées à la jeunesse